饮诗集

古昊鑫 著

陕西新华 出版
太白文艺出版社·西安

图书在版编目（CIP）数据

饮诗集 / 古昊鑫著 . -- 西安：太白文艺出版社，
2025.2. --（诗意彩虹）. -- ISBN 978-7-5513-2917-0
Ⅰ . I227

中国国家版本馆 CIP 数据核字第 20254N6H96 号

饮诗集
YIN SHI JI

作　　者	古昊鑫
责任编辑	汤　阳
封面设计	麦　平
版式设计	陈国梁
出版发行	太白文艺出版社
经　　销	新华书店
印　　刷	武汉鑫佳捷印务有限公司
开　　本	880mm×1230mm 1/32
字　　数	140 千字
印　　张	4.5
版　　次	2025 年 2 月第 1 版
印　　次	2025 年 2 月第 1 次印刷
书　　号	ISBN 978-7-5513-2917-0
定　　价	388.00 元（全 7 册）

版权所有　翻印必究
如有印装质量问题，可寄出版社印制部调换
联系电话：029-81206800
出版社地址：西安市曲江新区登高路 1388 号（邮编 :710061）
营销中心电话：029-87277748　029-87217872

自序

  谨以此拙作献给余光中先生的在天之灵。凡我在处，即是中国；斯人已逝，而其文长存。

  先生一生都主张保持汉语纯粹的美感，反对中文"恶性西化"，从一头扎进西方文学的青年最终成长为将中西文化融会贯通的文化巨人，这种转变恰恰与无数伟大作家的创作历程相似，令人受益良多。作为一名老师，这些故事更让我不由得想要追随余先生的步伐，将中文的美用诗歌这种文学里最高级的形式分享给读者们。

  数年前，我赴中国台湾求学，余先生所任教的台湾中山大学与我的住处相距不远，我便常常前往，以期聆听先生的教诲。"中山大学外文系"那块牌匾至今深深地印在我的脑海里。而令我印象更深的则是离余先生办公室几步之遥的一把面朝大海的座椅，坐在那里便可以眺望到整个西子湾，遥望金陵与对面的金门与厦门。

  返乡前夕，想到可能再也无法与先生相见，便向先生提出一不情之请——为我还不知何年何月才能出版的诗集题签，以此构成我与先生永久的羁绊。我深知，这确实不是一个合理的请求——先生被称为中国现代诗坛的祭酒，为别人题签、写序言是非常慎重的。我并未期待得到先生肯定的答复，没想到几天之后，便看到了余先生托人送来的清瘦的笔记，并且得知是在认真读完我的十几首不成熟的作品后才慎重题签的，这着实让我惊喜又惶恐。

2014年，先生曾造访我的家乡西安，以八十余岁之躯登上大雁塔。先生一生也曾在多个地方任教，有成千上万的学生，既有中国人，也有外国人。我能做一个他无记名的编外弟子就无憾了。

桃溪水流过的地方，就是余的故乡；黄河与长江冲刷的河畔，便是你的故国。

本集名为"饮诗"，这个词指的并非是庾信等人因饮酒而作的诗，而意在强调作为精神食粮的诗对于人生之必要——诗恢复人对万事万物的感知，柔化人麻木的心灵，故而中外许多文学家认为诗歌的世界能照亮真实的世界，甚至比真实的世界更为真实。

是为记。

目 录
CONTENTS

辑一

003 || 饮　诗

006 || 深山圳海

012 || 除夕夜登山

014 || 非必要不离市

016 || 街巷旁口占

018 || 西湖七月半

020 || 母亲，我的闹钟之一

022 || 唐三彩女咏

025 || 早　餐

026 || 人类学

辑二

030 || 红　豆

032 || 拾麦穗者

035 || 停电记

037 || 秒　针

039 || 蝉的死亡

041 || 茶园记事

043 || 乡村集市

046 || 总在凌晨醒来

047 || 雨后随想

048 || 镜中人

辑三

050 || 无话不说小姐
052 || 雷克雅未克未眠
053 || 阳关三叠
054 || 今夜我在火烧寮
055 || 断　桥
056 || 人　生
057 || 昨夜，星空很江户
059 || 把一只宠物猫放回大自然
060 || 比萨狂想曲
062 || 星　星

辑四

064 || 单程票
065 || 成都，晚报
067 || 九　月
069 || 太空人
070 || 半亩方塘
071 || 单独概念
072 || 月光宝盒
074 || 我想和你消失一整天
076 || 返　乡

辑五

080 || 北京西站

082 || 牙　刷

085 || 生活定律

087 || 千年之后

088 || 易耗品

090 || 生活的真相在夜晚

091 || 灵魂SIM卡

092 || 被抛弃的词语

093 || 四季循环

094 || 拆迁现场

辑六

096 || 旅　途

097 || 绿皮火车

099 || 坟　地

100 || 寺中一夜

101 || 上　山

102 || 老　宅

103 || 多向度中秋

104 || 天　问

105 || 偏　颇

辑七

108 || 城市的眼睑

109 || 游惠州西湖戏占

111 || 玉米上的牵牛花

113 || 泛舟，人工河

114 || 我身上的仓鼠

115 || 南方海

117 || 夜探废弃工厂

119 || 如果，我活下来

122 || 神居拉萨

辑八

126 || 航班延误

127 || 晚安长安

129 || 唐诗里的长安

131 || 长安南路

辑一

饮 诗

——过王维辋川

青柑，红袍，金瓜
在不同的地方
我把微小和柔弱换着吞下

紫砂，黑陶，绿釉
那些晦暗的色调怂恿我，走到山下
在古时诗人旧居的栏外叙旧

有时，遇到一位农人
就别问他归途，这关乎时间的
问题并不易解，只不经意设问
山中何事

松花酿酒,春水煎茶

混着一点松香,将它们

咽进喉咙

心底的玻璃杯

碎了

(发表于《特区文学》)

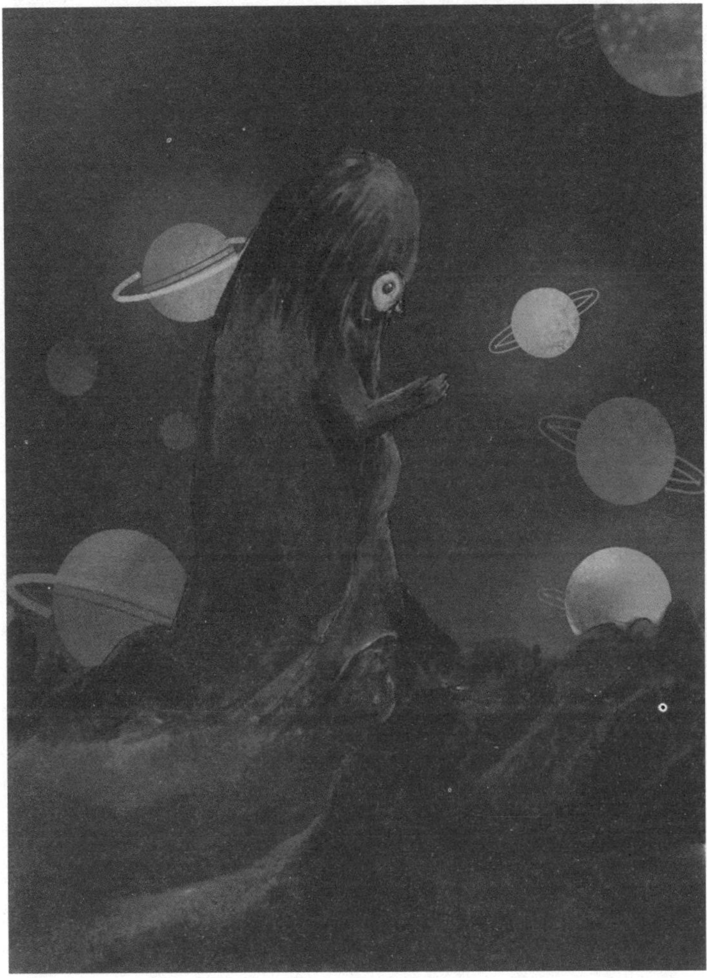

深山圳海

我居北海君南海,此心安处是吾乡。
——题记

多年前,背井离乡的客家人称此地为圳
这是田间的河沟,唤起他们前生的身份
隔山跨海,割断脐带的海风,远去的村镇
徘徊的汽笛,把人的生命剪成两世

前世,他是
终南脚下的隐士,罗浮山涧的药草
岳麓雨后的鸟鸣,珞珈落下的花瓣
他的故乡何止百越,故山又何止十万
蛇口港,有位墨西哥人
日日怀念,地球另一端
时间对岸的尤卡坦半岛
童年聆听的古玛雅旧事

此日,深圳湾独坐,一人观海
云梦泽、湘江水构成的巴蜀水域
人如萍乡的浮萍漂泊至此,而

夜夜，武夷的嫩茶生长不息

青黛的峨眉擦拭如水的乡愁

庐山的瀑布坠下一串串铃

如太白的诗抚慰长白儿女积雪的心

拾起的海螺里有亡母的呼唤

舌尖的海椒上有同乡的眷恋

海棠，海葵，一切被海命名的

都将被重新组织成生命的诗句

平庸的蚝壳只被冲刷成沙，沉寂脚下

而有的生物却能感受到海的锐利与苍茫

此刻，忆起曾是羊水海洋中的胎儿

那是海洋梦开始的地方，仁者乐山

智者乐水，预知未来的人乐海

海是不会生根的港湾

海她嘶吼，击破，打翻

乐海，未尝不是一种伟大

正如人海茫茫，仙山渺渺，伶仃洋里叹伶仃

虽不能至，虽千万人，而虽死犹生

行路不难，乘未褪的暮霭

伴海上清风，与黑脸的琵鹭倾吐

海日残夜，潮水带走厌世的乡音

饮诗集

　　一切，都被温柔的深圳听见

　　一切，都随温柔的深圳汇聚

　　迸发出城市熠熠的海洋之心

　　这一刻，山海一体，风月同天

　　海未必让生活更好，却让生命更多。

　　　　　　　——后记

　　注释：

　　　　深山圳海：山隐喻安土重迁的中国乡土观念，"深"则极言乡情之重；海代表来到深圳的异乡人之多，也代指异乡人来深后，面对茫茫人海的孤寂，如迷雾中飘摇在海面的扁舟一样，前途未卜，而"圳"借自然环境暗示命运之艰。将深圳拆字，正能贴切地表现深圳的城市精神——无数异乡人放下旧乡愁，融入此地，重新构建起新的精神原乡。

　　　　终南、罗浮山、岳麓、珞珈、百越、十万、长白、武夷、峨眉、庐山、黄山、泰山：泛指来到深圳生活的陕西、广东、湖南、湖北、广西、云南、东北、福建、四川、江西、安徽、山东等异乡人的家乡，诗中提到的山代指乡情，而海代表来到深圳的进取之心。

尤卡坦半岛：墨西哥的尤卡坦半岛有着众多玛雅文化的遗迹，笔者有位墨西哥友人背井离乡在深圳蛇口经营墨西哥餐厅，因疫情数年未归家。

人海茫茫，仙山渺渺：化用道教灵宝派经典《仙道经》"仙道渺渺，人道茫茫"。来深圳追寻梦想正如道家修仙之人对传说中蓬莱、方丈等海外仙山的向往。

行路不难：化用"行路难"，"行路难"为乐府《杂曲歌辞》调名，古乐府道路六曲之一，内容多写世路艰难及离别悲伤之意。此处言诗中抒情主人公格海致知，与海洋对话，最终得以释怀。

伴海上清风……潮水带走厌世的乡音：化用白居易《浪淘沙·借问江潮与海水》中的诗句"借问江潮与海水，何似君情与妾心？相恨不如潮有信，相思始觉海非深"。但与白诗不同，此处的对话对象乃是海洋代表的无常命运。

海洋之心：本为在印度西南部发现一块通体深蓝的巨型钻石，此处也暗指深圳的拼搏、进取的海洋城市精神，

山海一体，风月同天：个人命运和时代洪流融合后，将乡愁置放在内心深处，而对深圳有了归属感后，深圳也就成了新的精神故乡。虽与故乡山川异域，却带着珍贵的乡愁在此地找到了新的归属感和人生价值，故而殊途同归，风月同天。

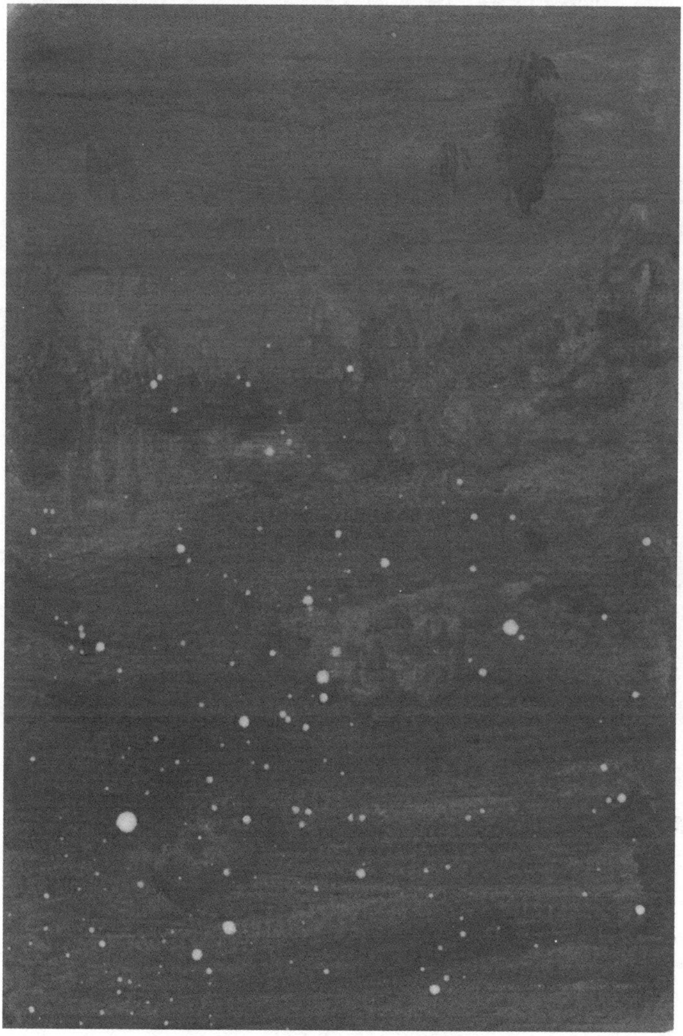

除夕夜登山

——苍山负雪，明烛天南

几天了

朝靴早就磨得破旧

走数天寂寞的长途，有风雪为伴

"云行信长风，飒若羽翼生"

诗仙颂你的字还在

山腰，山麓，山顶，世俗的妥协者有助力的脚夫

"然君子有所不为"，这不长的路途耗时数十载

夜色中闪烁的，非星，乃人间烟火之倒影

或许爆竹齐鸣，灯火万家，吾仅捧一簇烛火

迷雾冰滑，沉默许久，友人啜嚅："赤丹安在？"

此间是除夕，除去风雪的刺骨

除去夕阳的困顿，"虽千万人吾往矣"

（致桐城派姚鼐，感于其狷介人格，故而作）

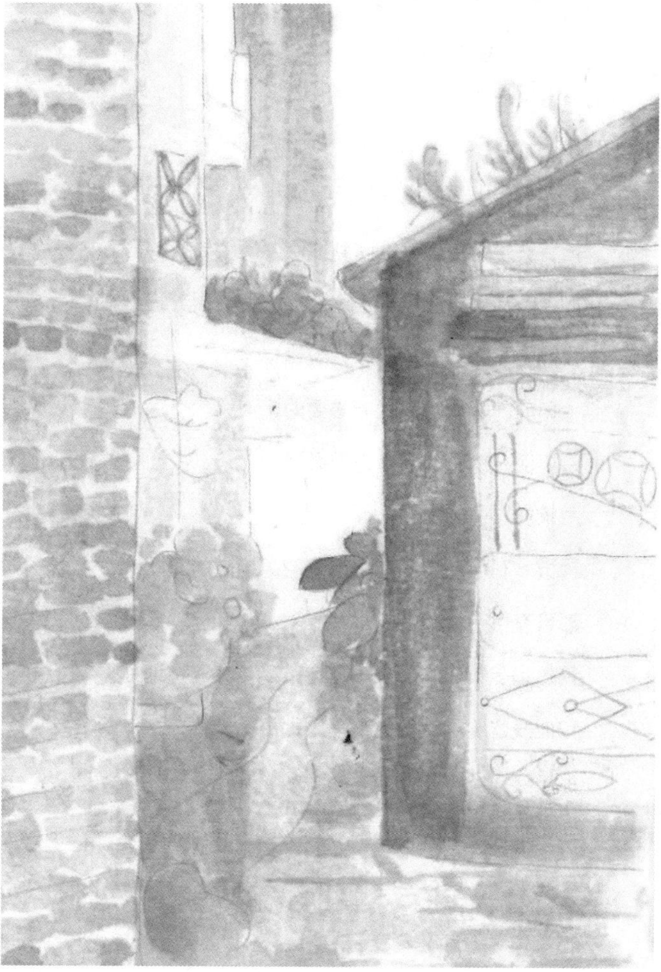

非必要不离市

去海边晒太阳, 是非必要的吧

在城中村探寻一家老字号粿条店呢

和爱人爬上梧桐山顶无所事事地等待夕阳呢

拖着行李箱坐上航班回到家吃一碗老母擀的面

油泼吱啦一声的乐声相比便捷的速食面

也都是非必要的

十年前,智能手机是非必要的

百年前,饮食的均衡是非必要的

两千多年前的中国

辣椒,石榴,葡萄,烧饼上的胡麻粒

都可有可无

我想起多年前的夏夜,睡在路遥墓旁的空地

和他残留的骸骨长谈整夜,抽烟,未戴口罩

那是支撑我"此在"之必要

却也是许多人的非必要

（发表于《南山文艺》）

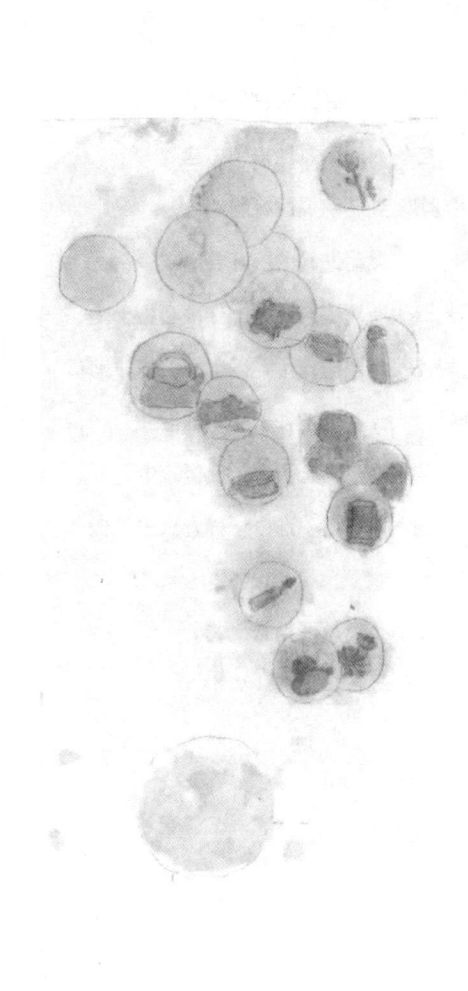

街巷旁口占

忙碌地授粉，防御，采食与结对
许多蜂与蚂蚁，惬意地来到街巷
夏夜的阴暗处，魂灵般寂静离去
临终时，它晃动鼓起的脑盯着巢穴
看啊，一生所建造的伟大杰作，必将于史——
还没说完，玩耍的孩童踢碎了他的生命勋章
"神爱世人，甚至把独子赐给他们
叫一切信他的，不至灭亡，反得永生"
如此境遇，它不得不选择一种方式去信任

（发表于澳门大学《南国文艺》）

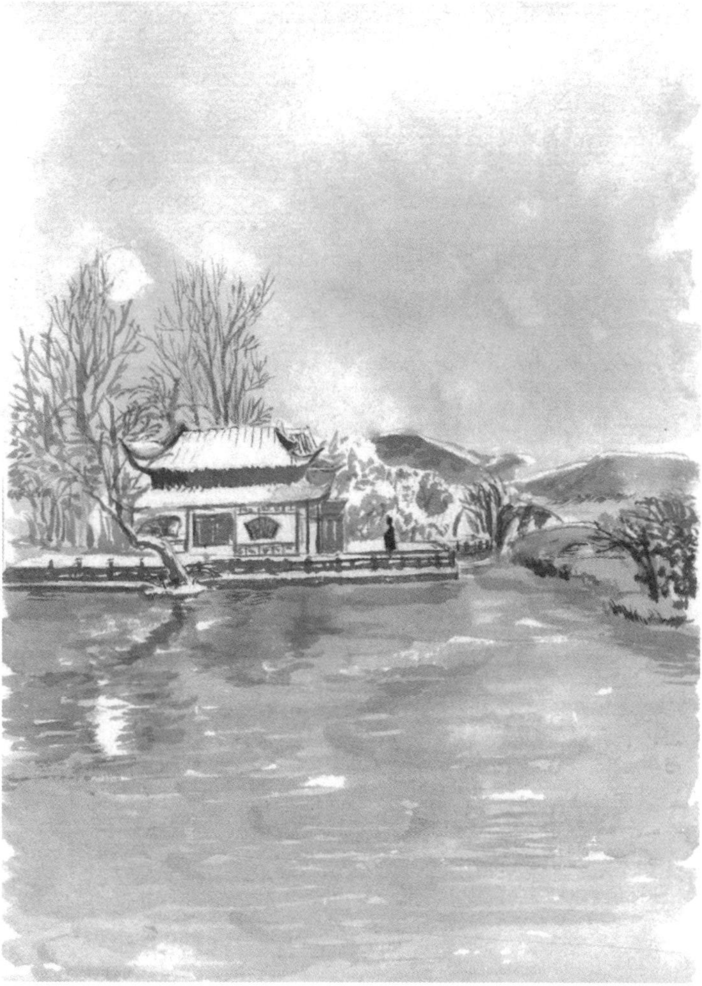

西湖七月半

——读张岱《湖心亭看雪》有感

如是我闻， 一无可看

湖七月半， 渡尽劫波

"噫！太阳又搅乱此局"

舌苔上的冰凌渗开，嘘

"喂，听见落雪声了吗"

僧推开月门，如我命门

（发表于《观物》）

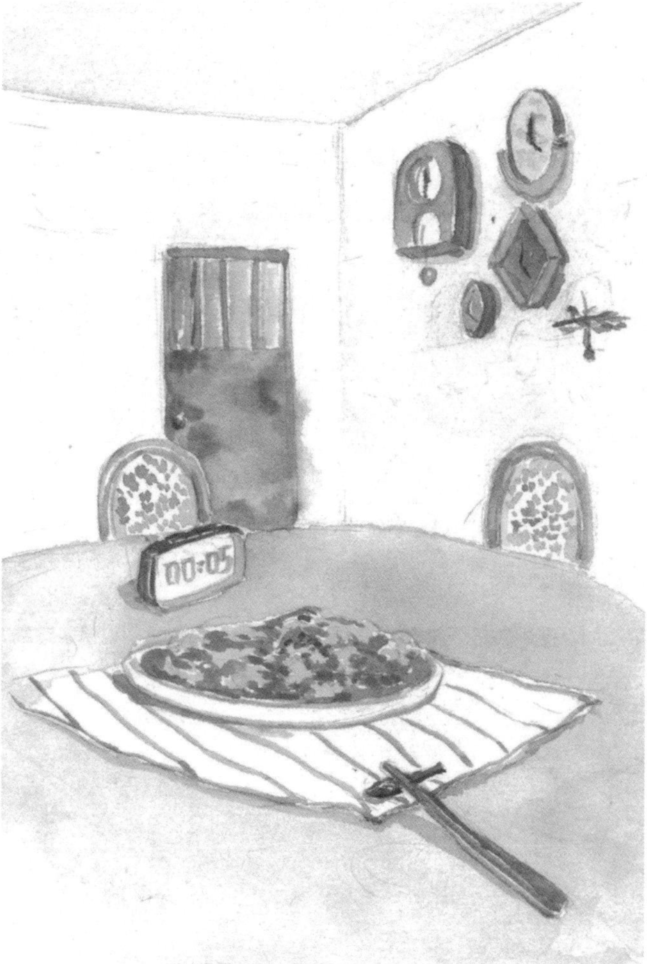
00:05

母亲，我的闹钟之一

拧过四旬后，她的发条上紧了些

女友的生日，与明日的一场话剧

以公转或是，自转的周期而流动

企划部方案，与四份半提琴乐谱

工作、恋爱、学习，或出于劳累

种种之可能，于表盘上抽赶着我

一刻——又一刻，五刻了

番茄炒蛋出锅了，她开始嘶鸣

太晚了，暮色于杂乱中随指针褪色

滴——滴——滴，钟乳石上滴落的

一把生锈的钥匙试图，打开落满蛛网的冰铁门

（发表于《观物》）

唐三彩女咏

2019 年的午后
我在展柜中看到你
灰色的脸

曾经,你名副其实
"丰腴多姿,不愧是大唐气度"
白发的历史学者赞叹你
千度的炉火锻造你

事死如事生,于是墓主人
将你带进地下,为他洗衣
做饭,服侍他就寝,晨练
饶有兴味地看着你,争风吃醋

你有些恐慌,三彩逐渐剥落
过去,你想过穿上铠甲打仗
有时,骑上青牛西去,高蹈于尘世以外
当然,也想过,挥毫一就,"一日看尽长安花"
罢了再狂笑两声,将笔墨扔到曲江池喂鱼
……

"她这辈子唯一光彩的瞬间

是那次敞开胸膛的纵身一跃"

火虽烈,都绕过你的灵魂

在唐代的陶土外套里硬生生

生出一颗清代的珐琅彩心脏

没错,人生就是荒谬

就像那些为女人写的

诗句:上仙初著翠霞裙

诗人赞美你的灰长裙

(发表于《散文诗世界》)

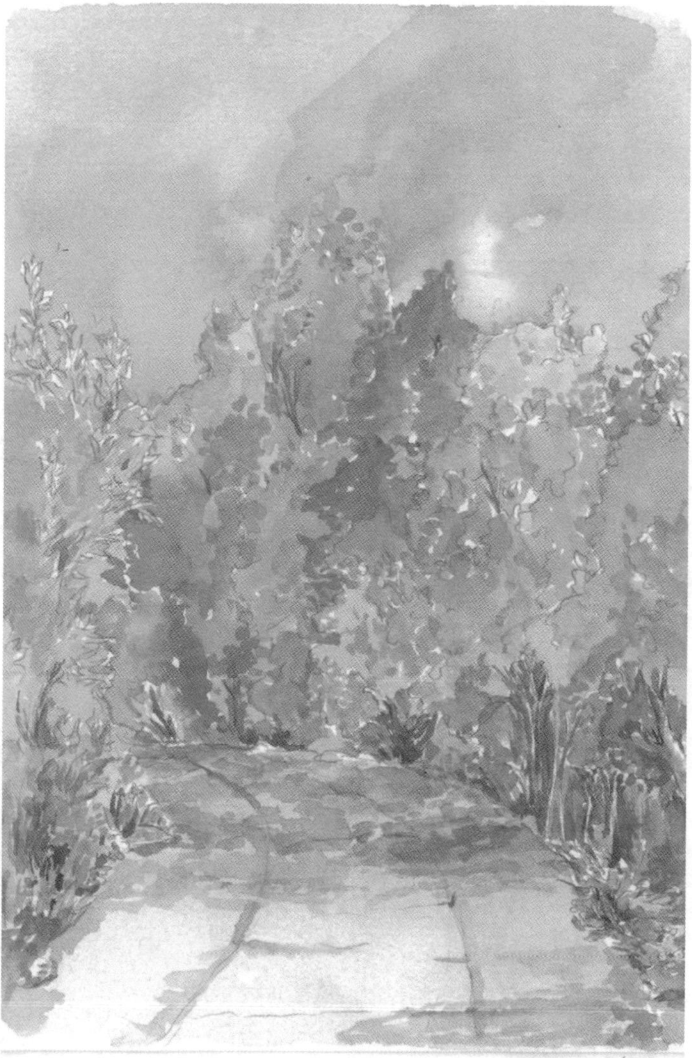

早　餐

每个清晨，总在港口的夜色里醒来
随一声汽笛，向早餐店的灯塔驶去
为达成一笔交易，我们在微凉的风里寒暄
这时，店主比往常更为热情，却更为克制
只言片语，怕惊醒睡梦里的公交车和工厂
现在，世界上只有我们两个幸存者
我经过街道、大桥，绕着林中路来到山顶
跫音惊醒了一只松鼠，它睡眼惺忪地翻身
每天，我经过这些事物，都惊叹这，美好乡宴

（发表于刊物《油脉》）

人类学

生活正在直播生命
高原上的卓玛们搅拌奶茶

激情后渔民们卯时便出海
沾满腥臊的光脚板踢了踢
那些将被精烹的倒霉龙虾
咯嘣,它高贵的头被嚼碎
整整被嚼了两千年,何止

彼时还没有民族与人类学
希腊象牙塔的灵长类生物
甚至分不清本体与客体且
饱学之士也无法拒绝美色
一切存在的都被解构殆尽

呵,文化相对论在作祟吗
直至完成一场超验的退化
甚至不啻第二部《进化论》
我开始怀疑所持的信条——适者生存

源于同一块胫骨化石的人竟会

同样贪婪，凶恶或怯懦如蛞蝓

且受制于对立统一的暗昧基因呢

一切定格于相似纲常

一切都陷入命的缝隙

一切都是上帝之小小玩笑

无论伦常，道德，亲属称谓

抑或是贪婪，觊觎，买卖妇女

一一被继嗣，偈语般荒谬

你们的世界让小丑成名

而王者静坐一旁

（写于备考人类学硕士期间）

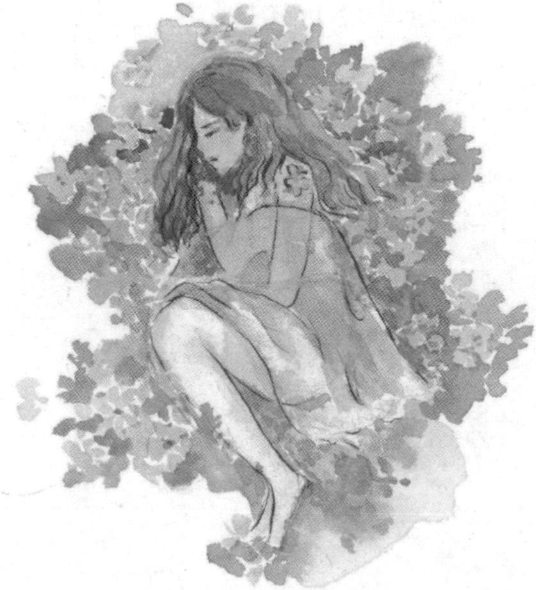

辑二

饮 诗 集

红 豆

透血的雀斑与眉间艳丽的痣

你熟睡胴体上豆大的蚊血

曾从我的骨髓涌向左心室

我欢喜侬,让世人犹疑的礼物

这中国乡野的小虫,也懂莎翁的夏?

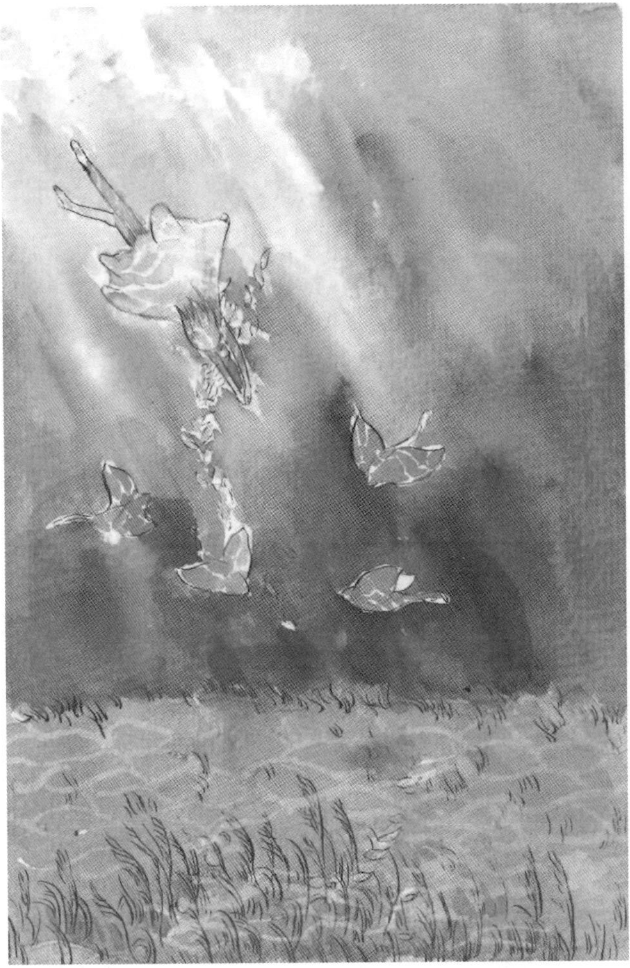

拾麦穗者

——为让·弗朗索瓦·米勒的画而作

几位欧洲妇女俯着身，寻找着土地遗落的泪
那时，我仰头，看着她们，皱纹里的汗液
这让我想起过去，过去与家人一起捡拾的
几穗麦子

那些母亲河的汗滴产生了一种静默
一切的力量，低矮了背景的天空

整整四年，那幅画都在我耳边嗫嚅
泪水，次次都会撕裂一些事物吗
抑或是，痛苦，是欢愉脱粒后的麸皮

今天下午，我背着网兜，走在太阳下捕捉诗句
妇女们，依然俯下身子，寻觅着些什么
什么是人的归宿
麦秸，麦穗，还是麦芒

不论是在巴黎的美术馆,还是在中国乡野的田垄上

一定有人在捡拾一些,你不理解的东西

(发表于《散文诗世界》)

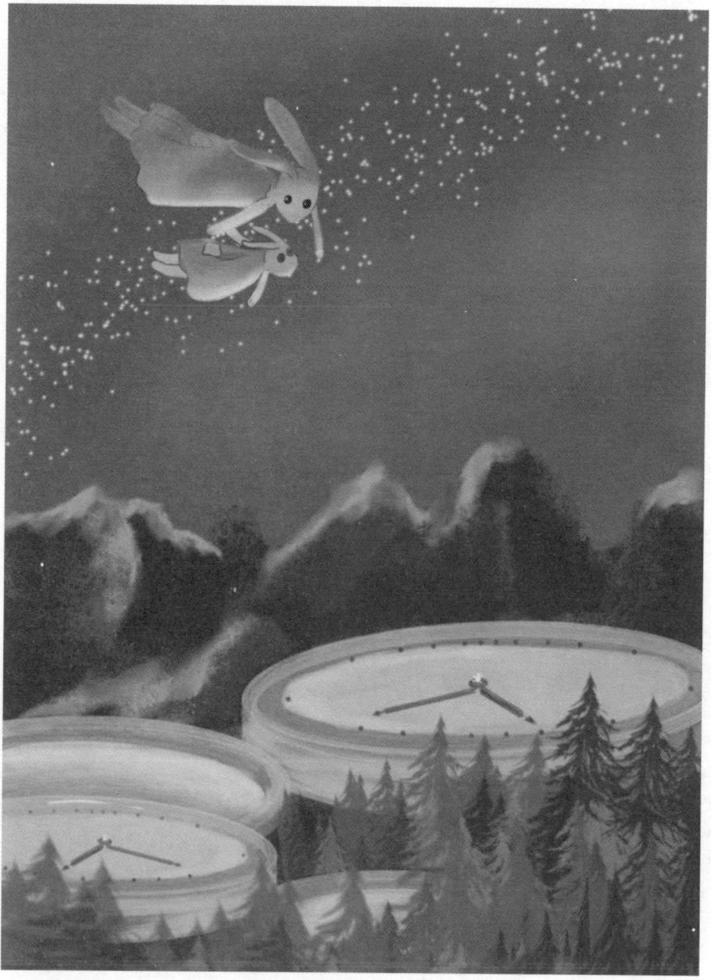

停电记

手边的物种起源

翻到第二十三页

未开化人养的变种

比文明国度里所养的

具有更多的真种性状

突然间漆黑一片

叫骂声,哭闹声

此起彼伏

宿舍楼一片漆黑

长安区一片漆黑

人们打开房门

寻找光点

钟鼓楼灯火辉煌吗

电影院是否人潮拥挤

咖啡店打烊了吗

酒吧和你也还好吧

饮 诗 集

从前远

文字以前

人们织网，打鱼

收获爱情，于夜里

吟唱友谊，相拥而眠

（发表于西安晚报，曾获双十佳诗歌奖）

秒 针

不同于分针

它看见了

产房里血色的脐带和

病房内，黑色的遗言

（发表于《南山文艺》）

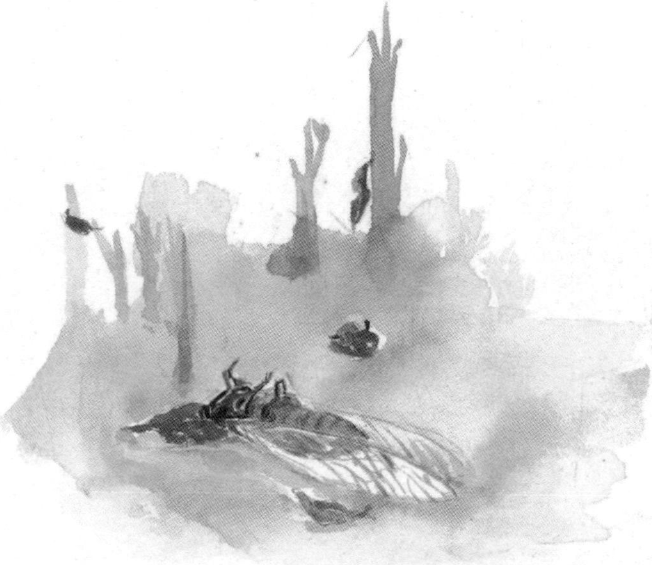

蝉的死亡

雨后,一只蝉的身子僵直了
昨晚,我还曾听见她的高歌
担忧她,能否度过漫长的夏

这透明蝉翼染上了禅意
尸体的周围是半干枯的
松塔,黑色的躯壳将
被雨水肢解成腐殖质

森林里,有数百万只蝉
一只蝉在雨后悄然离开
今早,我经过她身边
目击了这美丽的秘密

(发表于《油脉》)

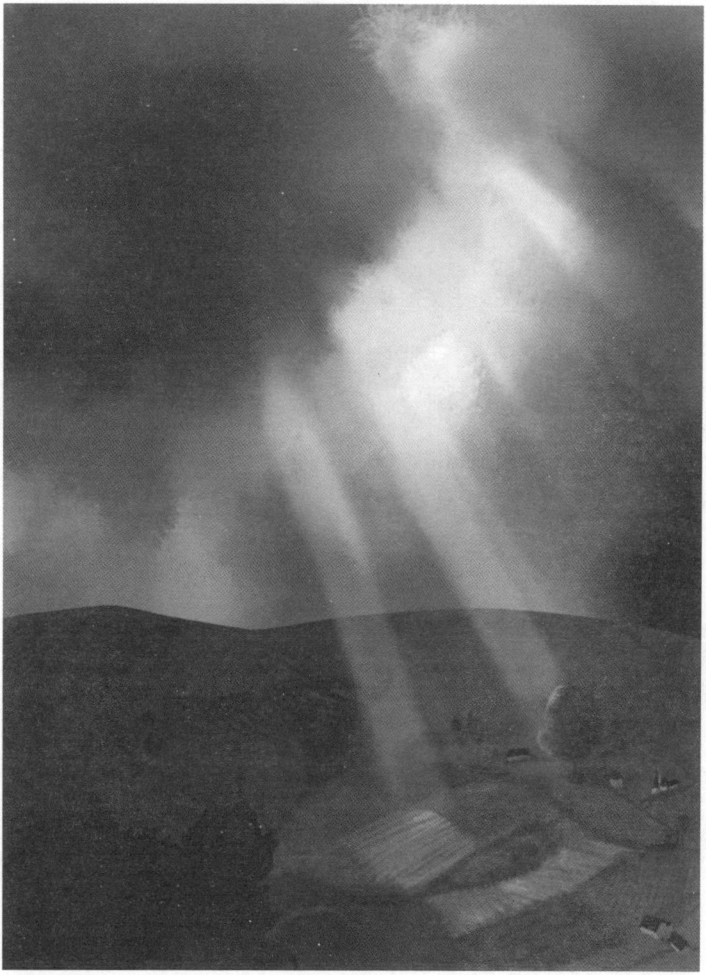

茶园记事

清晨七点,窗外的雨簌簌作响
关于山水的旅程总让人更为亲密
默默无语,走了三个小时,他们
翻过山脊,似经历了好几个季节的
草药、田七、薄荷
十一点,雨停了, 我们在阳光下
看古茶树,身边只有虫子的鸣叫
世界, 刚刚睡醒

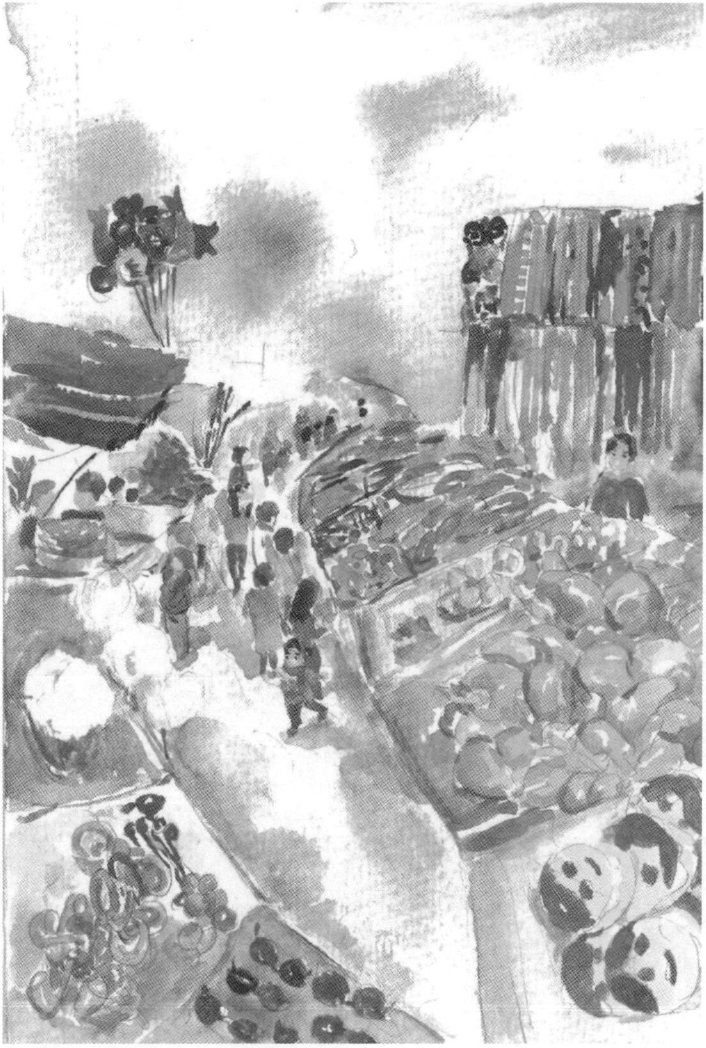

乡村集市

每周一次的集市
腊肉，野兔，笋干，活公鸡
人们从各村赶来，把生活交换

过时的服装，廉价的饮料
塑料包装的菜种与调料
这些都是他们对美好的向往

一位老农搀扶着身患重病的老伴
他们才从县城的医院返回
笼里的土狗崽儿，待价而沽
但总归还有自由奔跑的未来吧

抱着婴儿的少妇低下头，孩子的父亲
早已消失在南方，但还是忘不了
他，"烧饼，香喷喷的黄桥烧饼"
她打算买根扫把扫清生活的尘垢

饮 诗 集

　　一位退伍老兵，一只裤管空空
　　在一个卖假军靴的摊位前驻足
　　顺手拿起一把瑞士刀，一瞬间
　　似乎想起了什么

　　集市，定期买卖货物的，固定市场
　　起源于史前时期，人们的聚集交易
　　自古如此，它不只提供衣物与食物

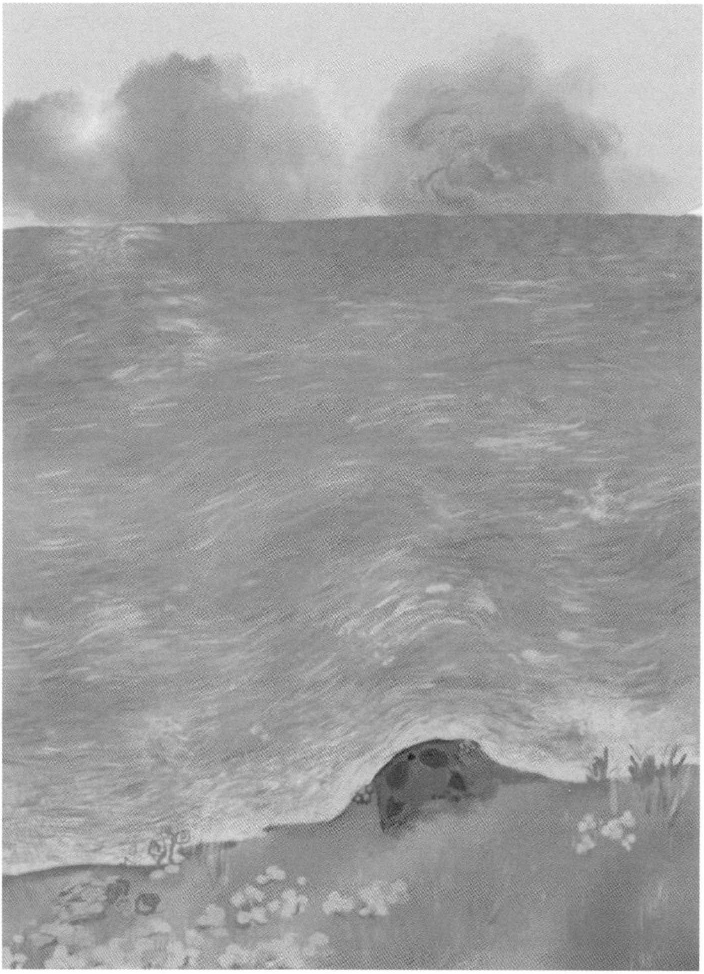

饮 诗 集

总在凌晨醒来

听见蟋蟀,多么幸福的声音
一天里最提神的,湿润青草味
它进入人的肺里,深处的回忆
趁还没人醒,享用这难得的垂泣
而山林尽头,还有许多虫子,暗自窸窣

　　(发表于《特区文学》)

雨后随想

雨点随苏式建筑的花岗岩
落在黑色的巴比伦石碑上

水,第一次来到世上时它还在
曲江池,为及第的书生雀跃

不久,贵妃就被刀剑逼迫饮下
毒酒,它来自一次意外

一位负责采集的部落少女
没能妥善保存甘甜的野果

她被男人们责备至哭
在某天却,传来了香味
在清晨的雨后

(发表于《南山文艺》)

饮 诗 集

镜中人

没有了游客，不得不探入白鹅的领地
我们交换彼此的经验，如奶茶交融到至醇
你缓缓开口，讲起生命垂危，欺凌与嘲笑
大嚼廉价卤味，如侠客豪饮牛奶觥筹交错
鸭子与白鹅已经睡了，我们，却不识时务
聒噪如卡农的二声部互相追逐直到疲惫成
两把路过这里，嘶鸣一晚的风琴
今晚的昆明湖如一面镜
镜中，他们抵足而眠

(发表于《观物》)

辑三

无话不说小姐

和无话不说小姐
聊以前,谈以后
无话不说
最终,也无话可说

以前,朝气蓬勃
艳阳打湿了她头上的帽子
寒露也觉得暖

后来,垂垂老矣
秋雨晒干了她脚上的袜子
炉火也觉得淡

无话不说小姐
你不会讳莫如深
我不会有话直说
无话不说,最终
也无话可说

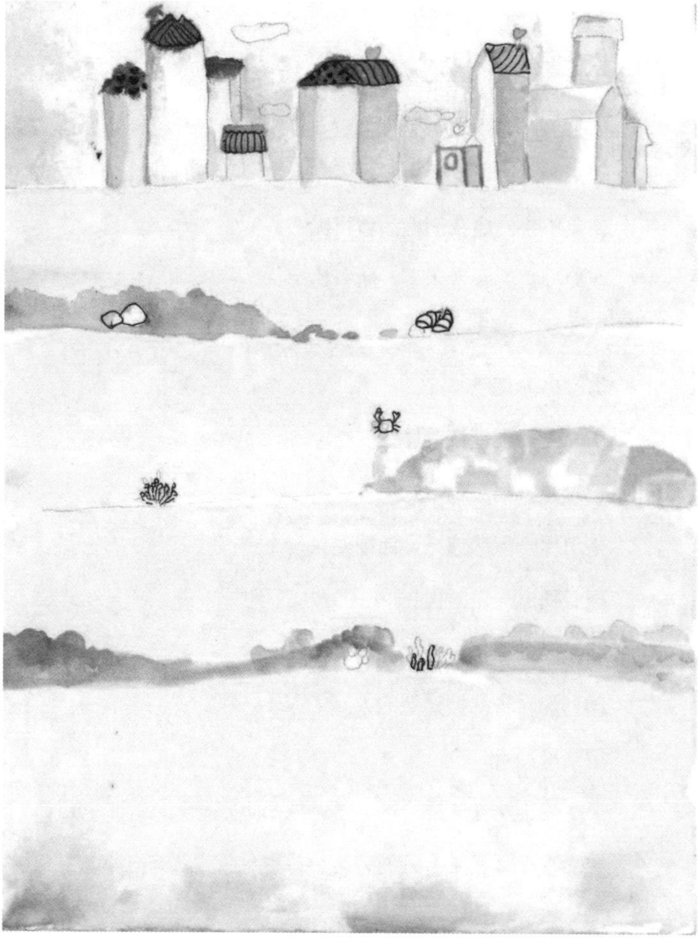

雷克雅未克未眠

见过极昼吗

爷爷从冰岛发来简讯

如是说,所谓昼夜不停,生命不止

如蒙不弃,愿我们能活着再见

在冷冷之就餐音乐下,所有比萨

夏威夷,泰式,韩式

都融化为夜色

伤心人,不是身首异处

也未曾思归,思归

是用尽一生悲凉把鼻涕抽回

抿着嘴道一声,再见

明知离别即是永别

却刹那转身,把痛哭的人

留给冷冷月

(发表于《星星》诗刊,其中诗句曾被《北京日报》引用)

阳关三叠

是那日古道西风的瘦马
是那杯斟满历史的浊酒
或遥寄乡音的关内尺素
阳关之外,可有故人

或是那柄落尘的胡笳吧
是那日古道西风的马吧
阳关之外,栖于何处呢
或只乐于醉在夜光杯

故人,是那重重阳关吗
是那清瘦的老马吗
是那郁郁的老酒吗
是远至汉唐的旅人吗

饮 诗 集

今夜我在火烧寮

这里是雨水最盛的地方
眼泪也掉下来——仅仅
灌溉了飞鱼群
愿它们茁壮成长

今夜我在火烧寮
天快亮了,雨还未停
东方依稀有一点温度
这是最早看见光明的地方

今夜我在火烧寮
我的姊妹及忠诚的战友
我坐在海浪的啜泣声里
给你写信

断 桥

一个照面

仅需要一个照面

便会陷入她的眼

可惜,月光寒了铁衣的心

想八月飞雪,想百草折

想家书三万里,鸿雁

如此,那人才闭眼轻嗅

石板上的藓,静坐

又夹一瓣鱼,触唇边

隔夜的铁马难入梦

半生锦瑟也早断绝

平湖秋月,柳浪闻莺

苏堤梅花,几度落

可惜,可惜

月光寒了铁衣的心

人 生

他们摆出长椅坐下

开始听我讲述

昨夜,星空很江户

入夜,姑且酌一壶清酒轻啜
于繁缕点缀的神道彳亍,于
梅雨的影下走完弥生的世代

昨夜,星空很江户,千岛寒流
竟与我交汇成一人,于是举杯
遂想起, 共饮江水的情

昨夜,星空很江户,于浩瀚下
你冷眼旁观,那渺渺之众生
浅草寺,钟声袅袅

昨夜,星空很江户,于哪块陨石
与她并坐,摊开的港风中
有黑船驶来

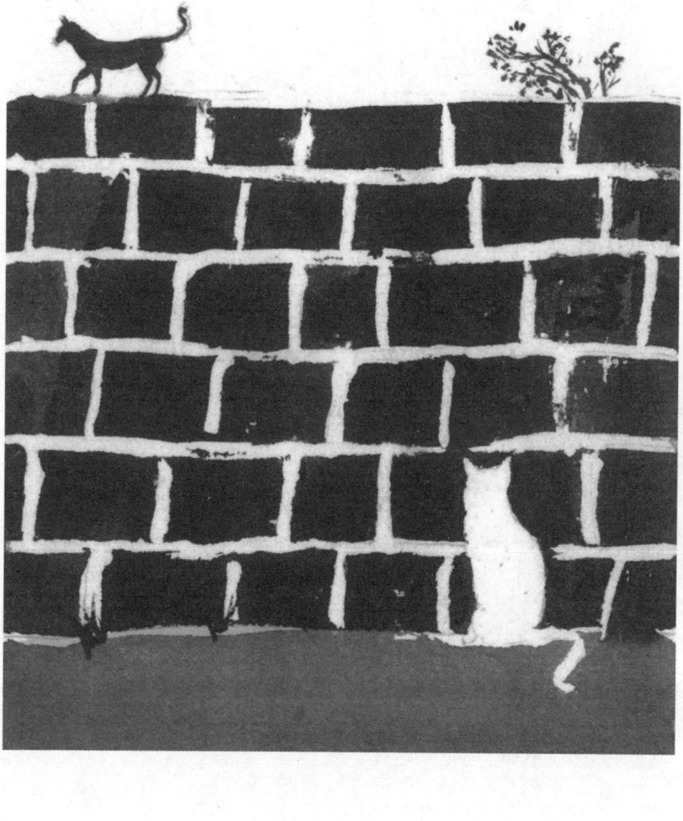

把一只宠物猫放回大自然

凌晨三点,终于受不了它的
聒噪,将其揽在怀里,出门
钥匙扣已酣睡,空无一人
回头,却撞上三百双眼睛

对面楼上三百个窗户里
儿子是不是正给母亲捶背
男人还在为全家的生计
唉声叹气
明天怎样呢
终于
我卸下武装
将刀子扔回草丛

比萨狂想曲

从眼角的体液开始炙烤——"同情弱者"
从母亲的怀中开始炙烤——"不孝有三"
"你不能这样!"女教师如是说

从入学的军事训练中开始
从毕业的实习培训中开始
产品经理(三百个经理之一)
意气风发:"我们是一个团队!"

此刻比萨炉内——"萨米拉打着盹"
"罗勒叶喃喃喃"
马林鱼的嘴一张一合——少安毋躁
它早已折断方天画戟——虎落平阳

我们呢
我们的标签有
约克布丁、俄国列巴、葡式蛋挞……
成分均为面粉、奶油、纯净水

而耶稣持一铲立于炉边

等待为我们翻过一面——

这也是生活

（出自鲁迅《且介亭杂文附集》）

星　星

我对于很多事物都怀有情意

车马，柳叶，苞米地

尤其是大山前的你

我对于很多食物都非常喜爱

草饼，莲雾，西米露

尤其是亚热带的你

世间的水果千奇百怪

我只记得有一种叫杨桃的东西

它呀，切开

就成了你的名字

辑四

单程票

"你有爱过我吗?"
戒指被送回珠宝行
肢解,埋在塞拉利昂

"再看她一眼吧。"
母亲从棺木里爬出来
惊悚,吓坏所有宾客

若时针可以拨回
到初见之时
人生也不会褪色

成都，晚报

它是个造物神

掩住了城市的骚臭

让九眼桥回归河水

让高楼与天桥互相安慰

让两千年的金戈铁马回归博物馆

让整个城市躲进府南河潮湿的臂弯里

而后，让河水回归某一眼清泉——如醇厚的青铜酒

讲出仿若隔世的秘密并且回归早已碳化的粟米

而河堤之上，灯火开始温柔地讲述

太晚了，剧情刚刚开始

故事便早早结束

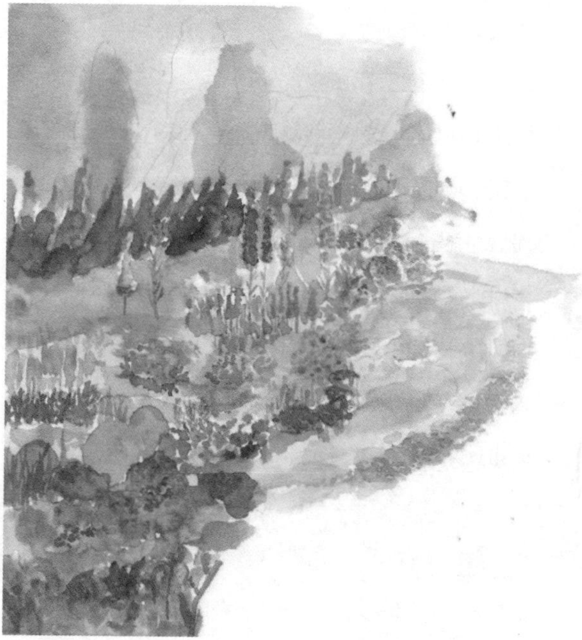

九 月

是属于早菊的时间

是旅鸽灭绝的月份

是吹毛求疵的冰洁处子

万户捣衣，游子与面孔陌生的同乡

相顾无言，是顾城闯入人间的月份

开学的时候，诗人们

开始学习饮酒，作揖，掷骰子

开始学习如何与灵长类达成和解

铝合金的窗户外——

寒蝉凄切，秋苔似雨

（发表于《中国民间好诗》）

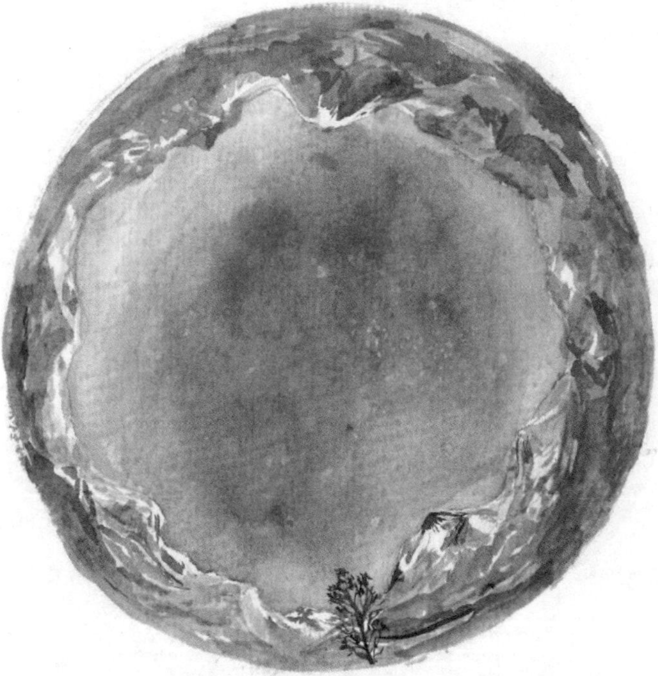

辑四

太空人

二十一点八分十秒

夕阳下升空

星云迷醉

泰翁的笔锋也相形见绌

我却想念蓝色

我飞过撒哈拉

我穿越南极洲

我划过北冰洋

在你面前

寸步难行

半亩方塘
——致岳麓山陈君景涛

先是孤身一人的徘徊,嗅朱子留下的理学
幸而有赶酒会的友人,从两年前匆匆赶来
革命烈士睡在书院门口听人们絮叨,欲睡
接着冗长的经验交流将他吞没,直到一个激灵
"店家,再拿一碟韭菜",借韭助兴谈起艺术
是否一寸光阴不可轻呢?不满三十,何不慢点
阶前梧叶还未秋声,饭局却早已结束于"买单"
挥挥手,才发现悲欢只是自设的双陆棋,活着
何必自寻烦恼,若识得世事,春风得意也不远
便醉一点淡啤酒,趁糊涂
吟多年前的一句
"恰同学少年"

单独概念

夜店里的文人,写出声色犬马

寺庙中的良人,阅尽悲欢离合

婚介所里的检票员,看惯生离死别

酒桌上的官员,桑拿馆里的厨师

廉价酒吧中的民谣歌手吱吱呀呀

在伸手不见黑夜的雨中

月光宝盒

——致游牧文明

明天

一件头等的大事

是从 314 国道走来

仿佛你未到过卡拉干达

仿佛你从未到过巴甫洛达尔

他们近在咫尺又隔着亿万嘶吼战马

有点细微的文明从头顶的星空中跑来

拉住缰绳后在黑色死寂的午夜中

带着草席子上奶疙瘩的呼吸声

在空中悬挂的哈萨克弯刀上

停下来几秒

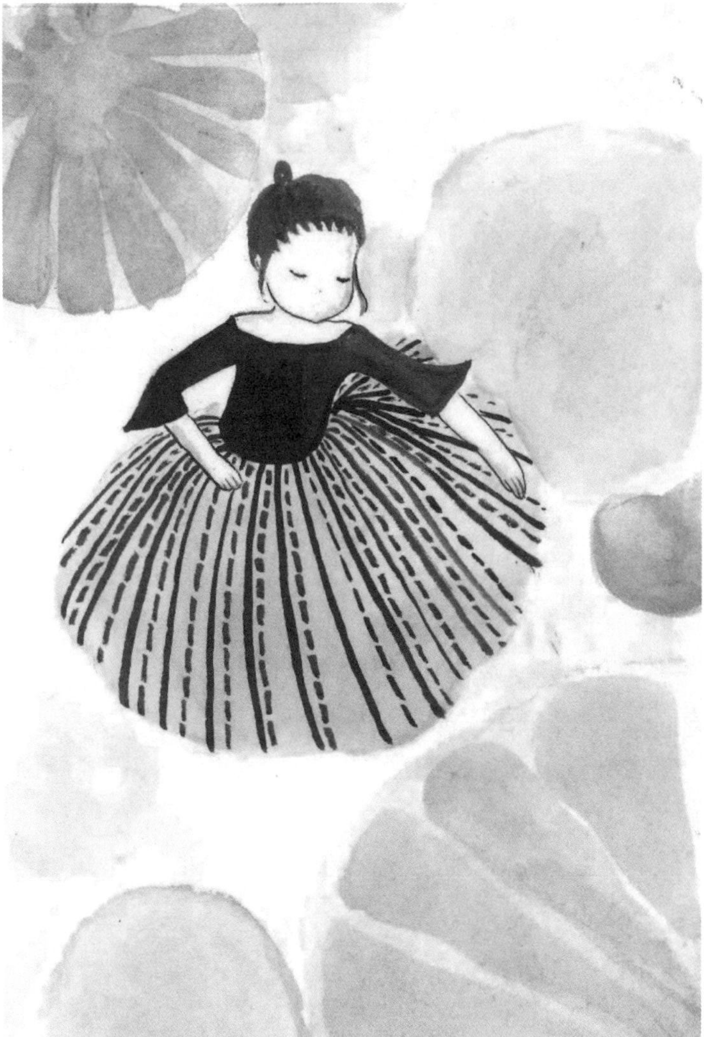

饮 诗 集

我想和你消失一整天

昏昏欲睡

似见底的琼浆,一滴不剩

沙粒中的蛤蜊,扔进沸水里

化作蛋白质和脂肪,毫无意义

我想和你消失一整天

在橡木酒桶里

书桌上抽象刻画里

咕咚冒泡的广东粥里

开往阿里山的火车烟囱里

江南五月滴答的青石板缝隙里

电影散场后伸手不见五指的放映室里

在所有没有光亮的地方

虚度人潮

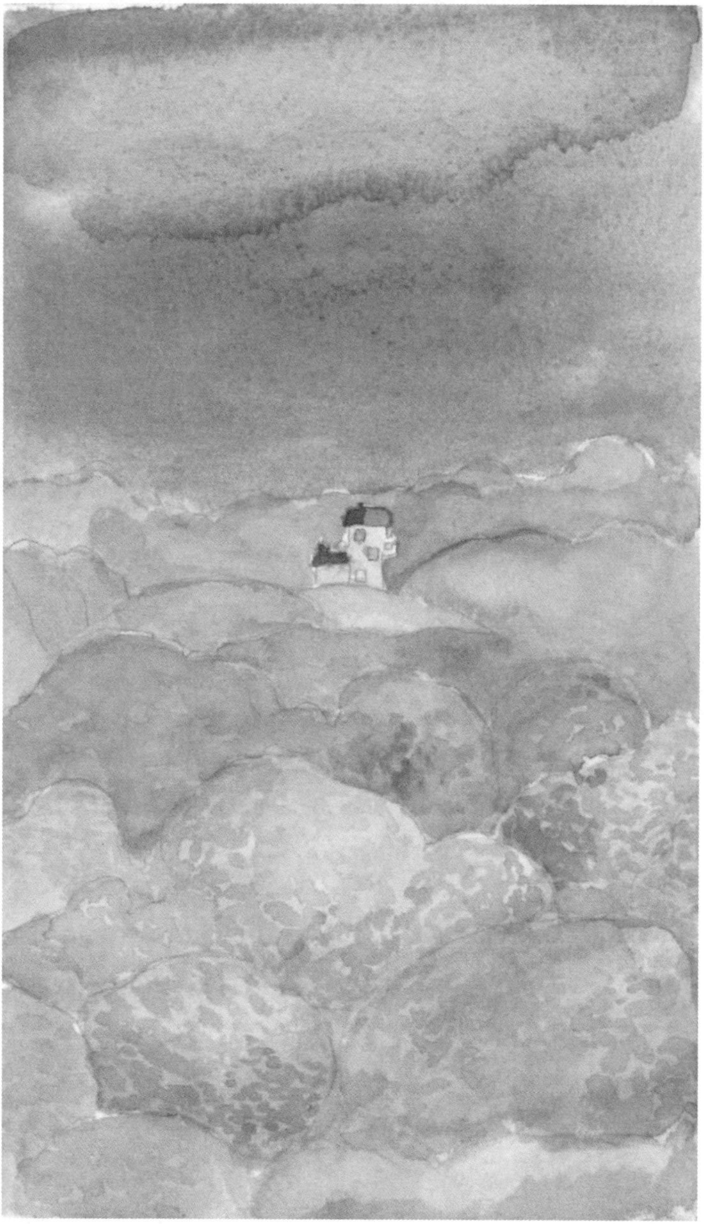

返 乡

大巴车,泥土路
两鬓斑白

龙头杖,祠堂内
神牌蒙灰

义庄,义庄,又一幢墓碑
荒冢在哪呢?弃杖为林
我的车票还有半张

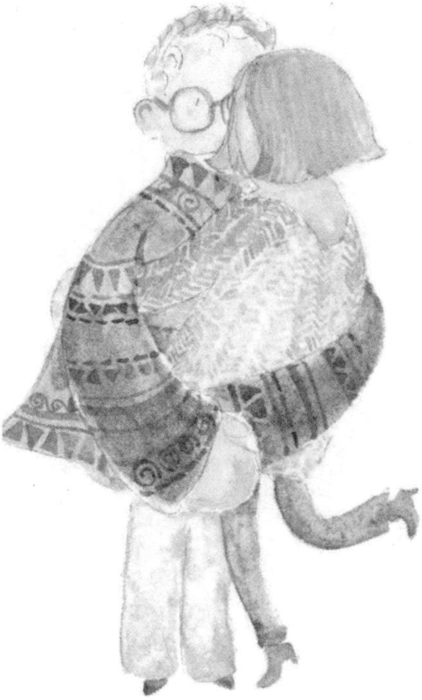

辑五

北京西站

余先生说车票

车票是断肠散

——有乡愁的

是一张有期徒刑判决书

普列维尔说北京

北京是地球的皮癣

地球啊地球是宇宙一颗星星

她说风沙

风沙大作

大作,光晕却奇妙

染上尘埃

车站播音员说,和谐号

和谐号它伸出五颜六色的枝条

和谐号湿漉漉的一枝黑色海棠

如今冰箱里塞满了杧果

酸，真要命！

可四九城那馊水豆汁儿

蜜得匐

西站，就在西站吧

就在这颗行星上

在湿漉漉的黑色枝条旁

给我一个拥抱

我丢掉我的车票——

这怯懦的宣判书

（发表于《观物》）

牙 刷
——写给牙医

不只蜜糖、茉莉与新茶
生命体的种种均被它带入
另一种
生命体的口腔

故而四季更迭在口中，这方新天地
残存采茶人鼻尖的细小汗珠
蜜蜂的舞蹈在味蕾上
起舞

但不只是这些，它还
承受动物的血肉发酵出的恶臭
致生物奄奄一息的细菌与病毒
欺骗与隐瞒，加入饭菜的毒物
阴谋的金属味道

情人们醒来

将牙刷握在手中舞动

像持续多年的捕食后

雄狮为伴侣舔去齿上残血

仅花数元钱便可得到的

有时使用一次便殒命于垃圾桶的

洞晓奥秘，也会分解于宇宙的

小牙刷，被握在黄色、白色、黑色的

手掌中，高于人间帝王吗

（发表于《油脉》）

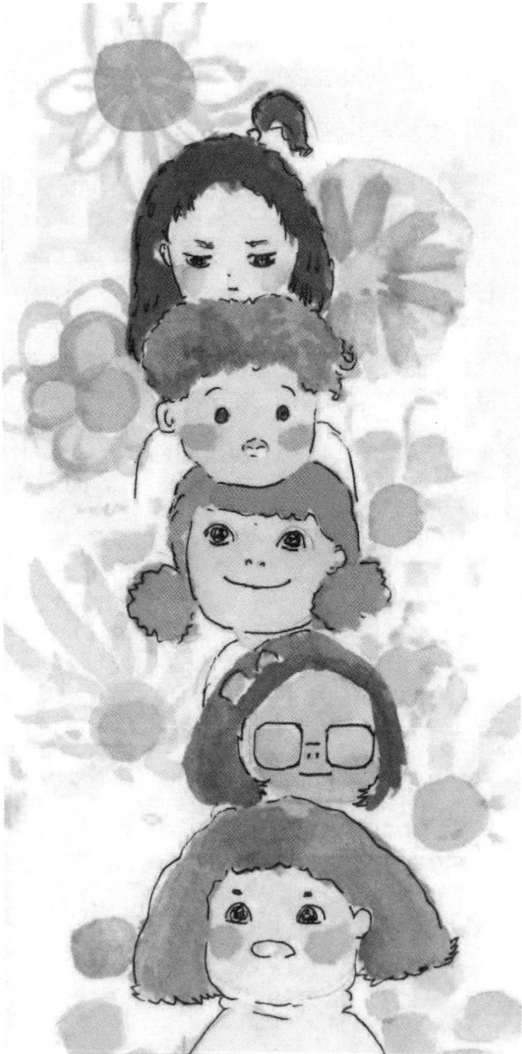

生活定律

身材不高,你比不上树的挺直
每天准时上班,没有乞丐洒脱
每日重复,还幻想随叶子起飞
算了,体重早就出卖了你

不过,你还能吃到些食物
刚吞下去的粥有四种豆子
你尝试过三种工作
游泳教练、中学教师
周天去教孩子尤克里里

有五个经常联系的朋友
每天上班的路上要碰到大概几百个人
你会对其中的几个人微笑
会被几人的目光跳过

你并无过人之处，就像

食堂清污车上堆叠的脏碗碟，等待宿命

想到快要下班，你在数学课的黑板上写下

生活定律：凡自高的必降为卑，反之亦然

（发表于《南山文艺》）

千年之后

残碎的显示器,酥脆的键盘
坍塌的黑烟囱,碳化的面团
畸形骨架,是各种家养宠物
一切都消失了,天空也渐蓝
我从何而来?孩子,忘记吧
尘归尘土,这世界刚刚开始

易耗品

每当人用掉一把牙刷

就多了些年轮

每当人用掉一把梳子

就少了一些忧愁

每当一个人死亡

就多了一颗星星

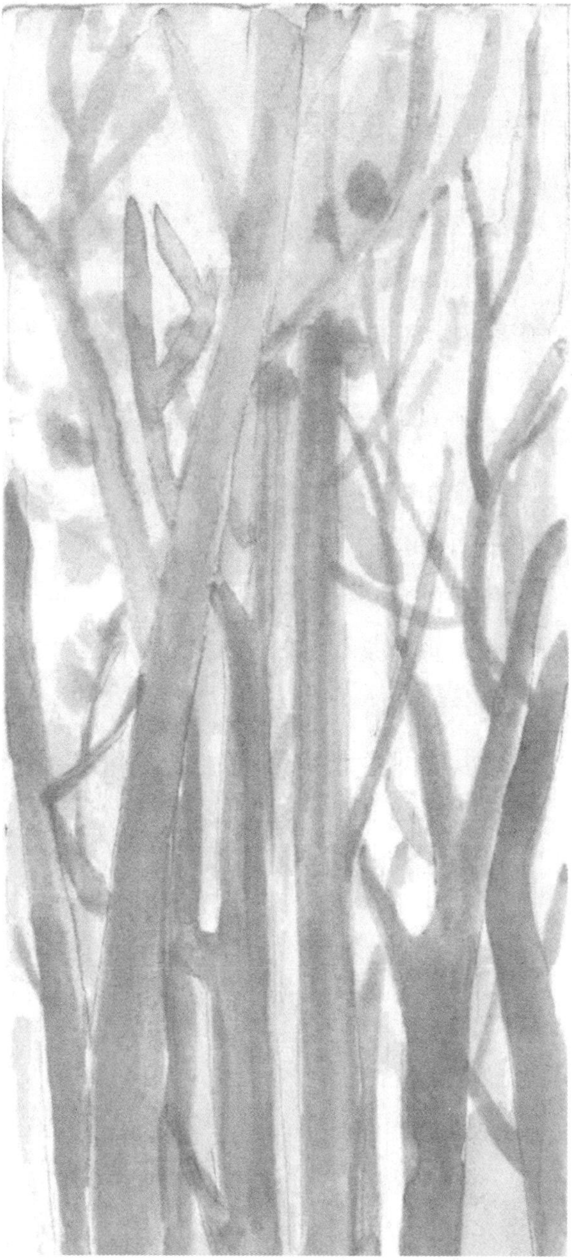

生活的真相在夜晚

当铁幕落下时

人们被禁锢在床上

而诗人对未知的夜并不恐惧

因为

夜晚是一门有容量限制的艺术

其中包含的真理多于白昼

白天人们各司其职

中庸是他们的法则

而夜晚只包含极度的悲喜

正如照片和小说

其容量是有限的——

两位破产者互相抚慰

贫穷的劳动者不得不提前劳动

这时

一位爱情诗人正走在街上

默默流泪

生活的多数是白昼

而生活的真相在夜晚

灵魂 SIM 卡

上帝他老人家

给每个人插进一张 SIM 卡

而人格分裂后便是双卡双待

于是

空洞的 CPU 有了主心骨

你开始担心资料丢失

开始担心失去磁性

开始担心每个联系人的存在

开始怀疑外来程序是否携带恶意病毒——

并且用最强力的屏障

将自己隔离于世界之外

直到余额不足

被抛弃的词语

在一片黑色面前

不能说阳光

在万籁俱静面前

不能再喧嚣

在金钱面前甚至不能说

这是真理

有人在地球另一端

对着她的照片

用凶狠的剑眉

笨拙地练习眉目传情

四季循环

清晨六点，我唤醒你，面对万物的羞怯
早上十点，从那束花中捡回你，焚烧我掌纹中茧
中午十二点，食盐，雪里蕻，和洋葱，佐以阳光
下午三点，昏昏，在梦里，一只燕子，被衔回巢
傍晚六点，拾起羊毫，蘸着河水，给落日染色
晚上八点，长发徘徊在我的胸口，这并非新闻
深夜十二点，醒来吻你的额头，舐去白昼的喧嚣
凌晨一点，烟蒂的流星坠落，一切复归沉寂

（发表于《延安文学》）

拆迁现场

凌晨，机器就开始锤击它的心脏
黑沉沉的天空下，旁观的目击者们远眺
砖块纷飞，人们对曾经共乘的船视若无睹
那是垃圾箱里的隔夜花，数十年的沉闷物

他们缅怀，惋惜，又兴奋，破坏欲和赔偿款
交织出本不该存在的兴奋，新世界拆迁了旧世界
让生活在分娩中新生，让旧时代在嘈杂中洗心革面
数千年前，怀旧的人也曾缅怀消失的部落

不远处，木梁斑驳的古寺庙门口有一对乞人
瞎子的同伴负责乞讨，他对我说，这是瞎子
仿佛一件展出品，你得为观看毁灭而付费

辑六

饮 诗 集

旅 途

冬天被窝里的你

疲惫的旅途后,在站台等待的你

雨季被困在乡村农家布满绿色苔藓的屋檐下

暴风雨击打屋子的壳,困在树影半遮的窗边拥抱

风雪,冰霜,流水与流星

这些阻碍出行的现象是一只拼装积木的手

把人们放置在皮肤的绸缎上,无声息地滑落

(发表于《特区文学》)

绿皮火车

——以父口吻致数十年前独自来省城治疗癌症的祖母

这世上有三种东西无法靠站
母亲的苦难,天空的摇动,黄河的流浪
那些独自生长的褶皱,被缓慢的车
携带着路过村子,县城,和许多医院

牛车,骡子,拖拉机,许多人被带走
许多尘土被冲刷进河水,又被风带回高原
徘徊已久,她在果树旁的黄土堆上落座
数十年的代价,我的母亲购得了一张车票

弓着腰,她一颗颗地数着佛珠啜嚅
亦难免有人在远方流浪
亦难免有人在远方呼喊
若直着身,我便无法译出这句的深情

(发表于《特区文学》)

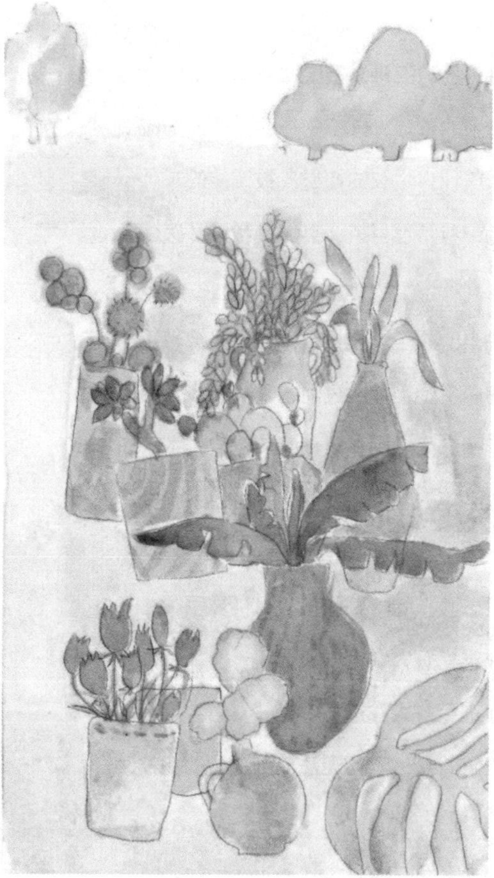

坟　地

——访海子墓地

有人挖出了鹤腿骨的陶笛
也有人挖出了威严的兵符与瓷器
有人说他是情种，为不少人带来鸟鸣
也有人以钝刀破坏其石刻，厌弃他的凉薄

生命是永久的云彩，形态各异，如同
熬了一宿，密密麻麻的红豆粥中
漂着许多凝视的眼睛
历来如此

辨认碑文，这时间的血栓
我必须尝试确认它们的语境
似凫过水面的蛙，断了条腿
被迫低头，看水草的寂寂

（发表于《中国汉诗》）

饮 诗 集

寺中一夜

——写于净土宗祖庭香积寺

每次经过,都不能免俗地想起那句诗
不知香积古寺,有多少高耸烟雾的峰
当你知晓终点,无论好坏,路上的尘灰
桥下肃杀的万叶作响,都变成了欢愉
一位女居士向师父忏悔她的诸多往事
无论是否被谅解,他们的谈话都消失在
唐代的古砖塔下,作响多年的植物声中

(发表于《延安文学》)

上 山

——写于深圳田头山

一个人重复着上山和下山

疾风钻进树林,野兽的

呼吸崩裂,树的种子

我和受惊的蚂蚁对谈

(发表于《特区文学》)

老 宅

——观客家围屋组画,兼致画家练君

太阳将我创造在这座青瓦房里

南国的江水在我头顶奔涌多年

某些灯火熄灭的黑夜里

我想念着温暖的光明

如今,却奢求数秒月夜

那是生命成长的夜

有微火在瓦缝处燃烧

(发表于《特区文学》)

多向度中秋

请别让我在月圆之夜食用月饼
别让工作的人立刻买回家的票
让退潮后的弹涂鱼得到点关爱
别让万达商场的 LED 月亮
代替蹲在乌云后的真天体
在人民群众的朋友圈里面
"犹怜小儿女，未解忆长安"
今儿我不想念家乡大西安
这不过是普通的外地生活
炒点超市的半成品酸辣笋
挂个号拍个鼻镜瞧瞧鼻炎
无关历史文化积淀的快乐
由我我我我我我来创造
一个正经文化人今说口语
巴适得板，简直是嫽扎咧

（发表于《南山文艺》）

天 问

先有李白还是先有黄河之滔滔

一如苏子独享月之皎皎,北国只为润之一人而冷冽

先有信件还是先有乡愁之绵绵

一如孤舟只载光中之念念

母亲啊,够不到你甘甜的乳汁

就把苦水吞咽

这海,比得上你的胸襟

比得上流动的诗书礼易

问他们,问厦门街还是中山路

奔雷从你体内奔涌而下

在波浪之波浪里翻滚

你是儿之过去也是现在

是星空之渺渺也是游子之悢悢

若你忍心让儿吮那干瘪乳房之津津

那就让我自缢于漂流之瓶

至少儿啊,还可以……

偏　颇

只写诗是一种欺骗，是只言片语的组织

要看人能不能写小说，甚至写长篇

只懂文学说自己懂艺术也是一种欺骗

要看他懂不懂电影、音乐、民俗文化

只懂自己的性别同样是一种欺骗

她／他的世界是片面的

赞美汉语的民族主义者断言

"法语无法描述，秋水共长天一色"

巴黎一位东方语言文化学院的学生

也正因中国人糟糕的龙沙译本叫苦不迭

（发表于《南山文艺》）

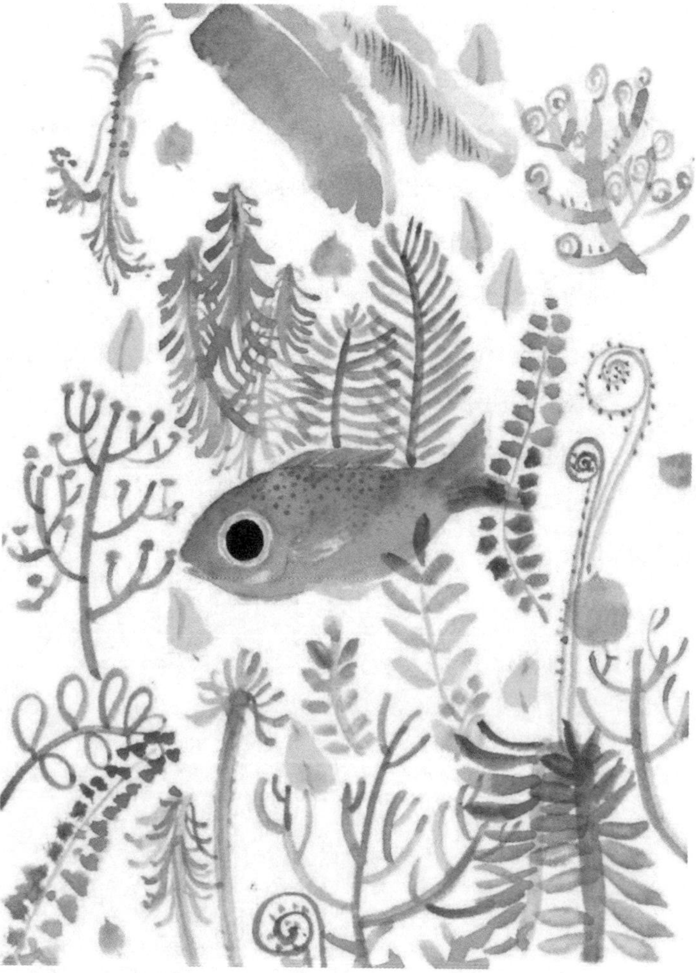

辑七

城市的眼睑
——致前海摩天轮

缄默,人言说的太多了

把舞台给我的无数化身

直击心脏的雨滴

不合乐理的鸣叫

飨宴,持续发生

直到岁月的星光

透过水杉的树影

向久病的眼施工

他们称作城市之眼的

居然是,一座摩天轮

游惠州西湖戏占

听得一位阿叔在湖边卖唱
"悄悄问圣僧,女儿美不美"
尊孔的苏轼该悦于其温饱
还是忧心百姓的精神贫瘠
当人的嘴巴被设定了靶心
当人的脚印被镌刻在抖音
亟待一位横空出世的孔丘
天不生他,则万古如长夜
有诗为证:
山外青山楼外楼
西湖歌舞几时休
暖风熏得游人醉
直把杭州作汴州

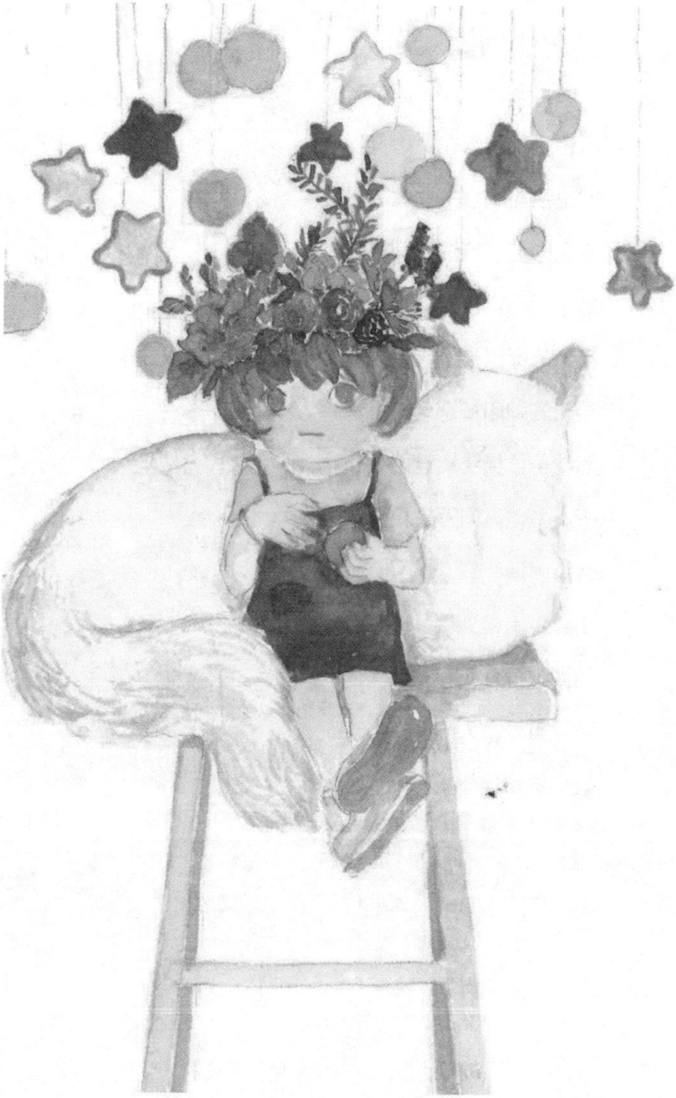

玉米上的牵牛花

小源问，为什么玉米上会长花

因为被吃前要让小玉米愉快生长

小飞问，为什么花要和玉米拥抱

因为，夜里田野冷得连猫都蜷缩

阳阳问，为什么玉米要背小花

因为那是它美丽娇弱且需照顾的朋友

"这野花，又吸收了玉米的养分"

大人举起成熟的镰刀想割掉牵牛花

哲学家赶忙用童真的心握住他的手

"让它生长吧，毕竟玉米能看得懂名画

就像传说中肉质鲜美的和牛，天天听音乐"

那是凡·高的向日葵

攀爬在莫奈的乡村早晨

田垄上，一头即将赴死的老牛

扭头不看朝夕相处的主人，默默流泪

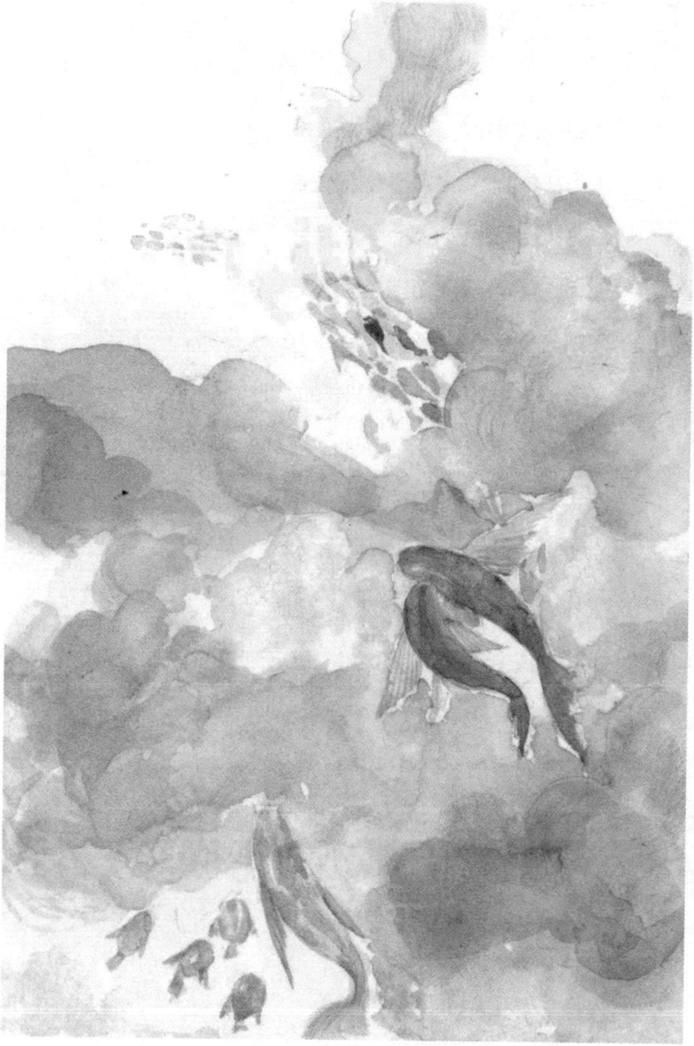

泛舟，人工河
——观清洁工清理大沙河景观河道

不合常理的定格镜头：
一切清理得多慢，他们
缓缓舀起河里的塑料瓶
两个清洁工用目光交流：
落木成石油，副产品成塑料
瓶盖被丑陋地弃尸

瓶子丑陋，它因清理而更丑陋
河水浸湿了人们的归隐趣味
只有城市，才有这样的人工河
人工河才有这样的塑料瓶
塑料瓶才是塑料花的雏形
清淤船，才有这样的清洁工
清淤，捕捞即将质变的审美

饮 诗 集

我身上的仓鼠

那只宠物没有自由,米粒

面包虫,榛子和枯萎的冬

隐藏在它安全感的颊囊中

藏,就是为了篡改阎王的生死簿

以千万次轻微的齿啮在"自由"上

挑衅,挑出主人的怒火,挑下

人伪善的面具,人需要的陪伴

人恼羞的惩戒,人暂时的爱抚

在遍体鳞伤的夜晚,仓鼠

再一次愤怒地啃咬钢铁栏杆

再一次试图打开牢笼,纵身跃下

再一次短暂地飞翔,滑向死亡

前世造孽,此生受刑?

它的魂魄腐化,分解成

束缚你我身体的仓鼠

(已由艾天卓改编成歌曲《仓鼠》至网易云音乐)

南方海

今日,我步至南方海畔

行人匆匆,自我身旁掠过

恍若逝去的同侪面庞

一去不返,唯余前行足迹

此刻,我立于南方海之滨

往昔故交,你等安在

是否亦在彼端,迎着海风轻吟

昔日居此之人,是否仍感海风拂面

莫非这风,实则是众人身形之会聚

哲理已遁,真理难觅

唯以海风为介,与你心灵相通

昔日你我,皆在风中细语

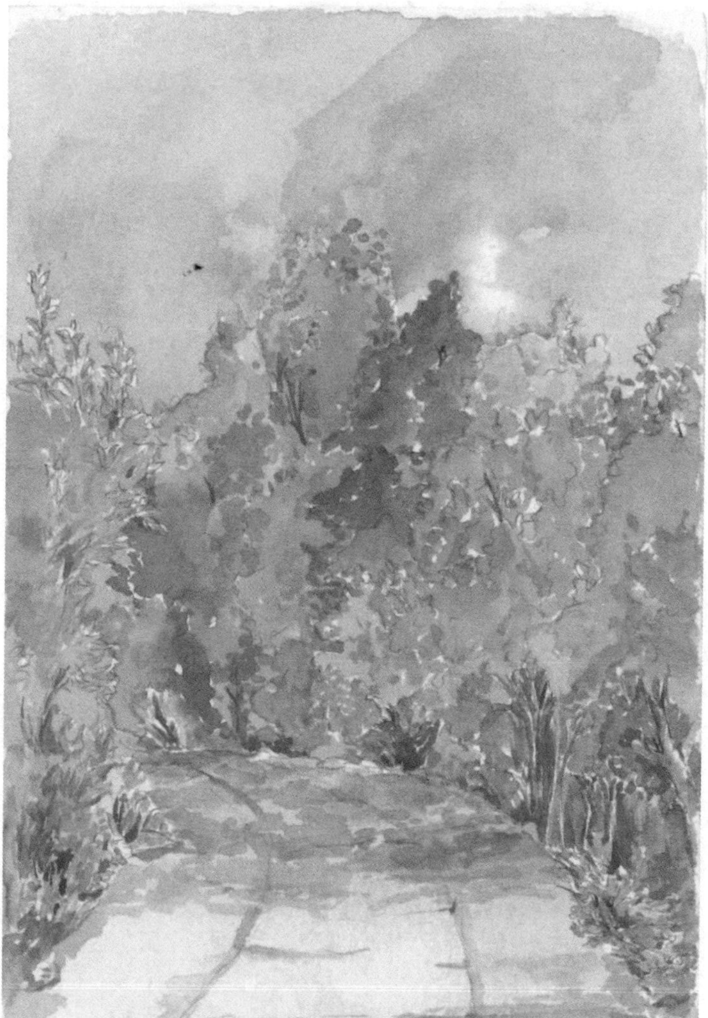

夜探废弃工厂
——写给拍摄过《你好，李焕英》的卫东机械厂

在霓虹隐没的雨夜
老旧家属院，静默如铁
红砖墙剥落了卫国的荣光

空巢回响着往昔
老人蹒跚在土操场，步履中皆是故事
机械沉默在风中，品咂热闹的球赛

几年前
一位女导演用镜头拿回了遗留的亲情
带走笑声与泪水交织的童年时光

女导演走后
时光又停滞了，月偶尔探出头，照亮
生锈的机床部件，昏暗路灯下的忠魂

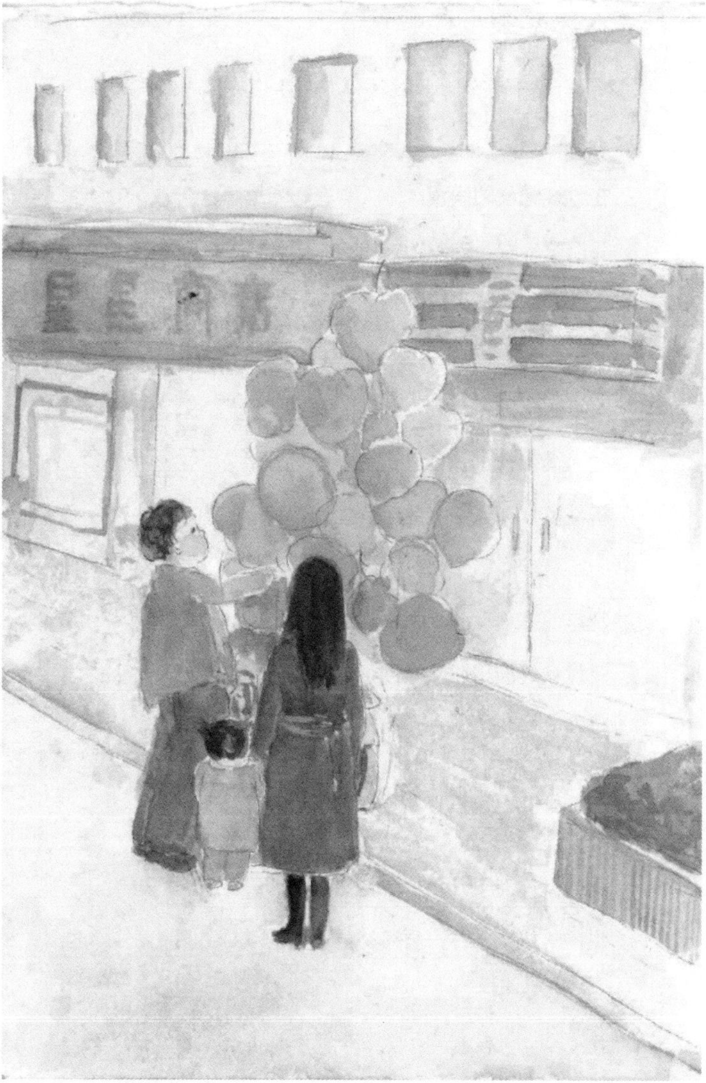

如果，我活下来

首先，我会写一封平邮的信件

寄给一个素未谋面的好友

分享心底最深处的秘密与渴望

如果我活下来

我会勇敢地迈出步伐

去做十遍所有喜欢的事

挑战一次曾经厌恶的事

我会欣赏女孩被嘲讽的胎记

那独特的印记，是命运的烙印

我会观察，劳务市场民工粗糙的手

感受掌纹里的沧桑与温暖

我会变卖所有家当

买一张离县城最远的机票

我要触摸两极的极光，乞力马扎罗的雪

南美洲的雨，甚至月球的岩石

再也不会为一点折扣苦苦计算

饮 诗 集

　　如果我活下来，如果呢

　　或者，就简单活着

　　趴在母亲膝前

　　谈论她年轻的时光

　　（作于汶川路遇塌方之际）

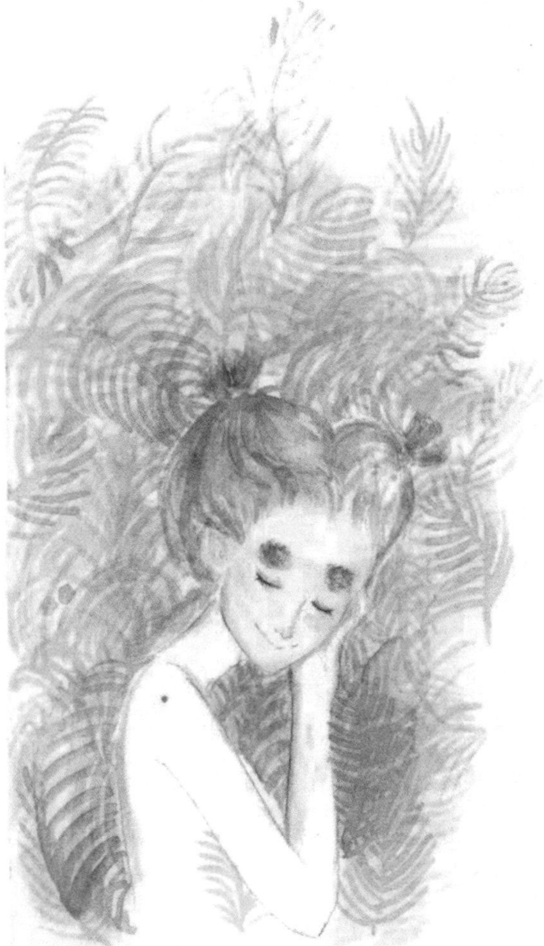

神居拉萨

藏历新年，又见到郑一
十年前，他决定援藏
围坐，他聊起民族和藏族前任
信仰的灯火，在餐厅吞咽时光
尼泊尔服务生的笑容，如阳光

"徒步朝圣的牧区人坚定
紧跟其后的小女孩好奇"
我们谈神说鬼，分享藏药
有仁青常觉，坐珠达西

拉萨是单调寒冷的
而人心的触碰，让彼此的酒更烈
喝着喝着，想起因登山离世的诗人星芽
她在雪山之巅失温，失去多少人的挂念

辑七

但她没有走,你看她

都死了,还是那么自由!

她躺在我们的舌头上,随意落在茶里

冲泡成了酥油中的神,糌粑里的仙儿

在高原的牦牛浩瀚的眼神里,等待轮回

辑八

航班延误

雨夜，旅客等候一个归宿
未知的旅途，被暴雨推迟
雨滴敲打窗棂，时间的鼓点
每一声，都是对未来的叩问
深夜，飞机终于划破天际
落地遥远郊区
郊区人家还未入睡

灯光闪烁着情感的确定性
灯光的确定性在市区少见
灯光坚定得像斑驳的蛇口灯塔
那时，还没有追逐资本的高楼
渔民凌晨归来煮艇仔粥，不顾
煤油灯火苗躺在夜幕上做瑜伽
沙滩上，中国的新麦苗在摇曳

辑八

晚安长安

他们说，甜蜜的地方有好事

我就要，带你去闻粉色的樱花

她们说，破败的地方太不值得

我非要去长安

你问我，爱情是什么味

突然沉默

可对我说，就像桂花糕一样甜美

总想和你去看那杨玉环的华清池

总想和你去听那唐明皇的风流史

不需要太多话

终老在终南山

入眠吧长安

少女的面容融进这古老的旧城墙

少年的眼神凝望那纷乱的锣鼓巷

一场西北的雨

溅在我脑海里

入眠吧长安

他们说，破败的地方太不值得

我非要去长安

他们说，古板的老城怎能容得下你

我说我是个北方爷们

还怕什么拥堵

总想和你去看那杨玉环的华清池

总想和你去听那唐明皇的风流史

不需要太多话

终老在终南山

入眠吧长安

少女的面孔融进这古老的旧城墙

少年的眼神凝望那纷乱的锣鼓巷

一场西北的雨

落在我脑海里

全是鱼的记忆

是鱼的记忆

（已发行于网易云音乐）

唐诗里的长安

在大唐西市的酒肆我遇到李白
娇媚的胡姬还不快点扶他起来
五陵少年的侠义抵得过万钱
我开车载着诗仙一路游览长安乐原

新科进士的潇洒，一日看尽长安花
烧尾宴里的羊羹，美食的专家
我在青砖上细心观赏，题上你的名字
举杯畅饮在曲江，表达我的情志

骊山脚下妃子笑，牡丹得靠边
德福巷口湘子庙，我拍下照片
遇上达官贵人，不必不敢插话
和他推敲推敲，传为千古佳话

仕途失意不妨去山中，寻访隐士
有诗和书的日子才叫，生活品质
不知香积寺的香火能否，把你拯救
你看王维的精神还在，这里守候

饮 诗 集

唱首唐诗，我用说唱唱出文墨

唐诗，传统文化不再沉默

唐诗，唱出中国人的魂魄

唐诗，做点尝试

唱首唐诗，我用说唱唱出轮廓

唐诗，传统文化不再沉默

唐诗，唱出中国人的魂魄

唐诗，美的良师

（已发行于网易云音乐）

长安南路

长安南路我走了多少遍

从曲江国际走到政法邮电

长安南路我走了多少遍

从魏家凉皮走到师大财院

长安南路我走了多少遍

从东八里村走到如今九点

长安南路我走了多少遍

从一年四季走到各奔西东

多想让日子留在昨天

就是再惝惶也不言传

再也见不到那个女娃

你弹吉他我唱歌是多么骚情

长安南路我走了多少遍

从汉唐书城走到雁塔的黄昏

长安南路我走了多少遍

从一年四季走到各奔西东

多想让日子留在昨天

就是再恓惶也不言传

再也见不到那个女娃

你弹吉他我唱歌是多么骚情

喂猫的女子捏着鼻子

路边的石楠抽着芯子

小寨的公交非常拥挤

可环游世界得不少银子

多想让日子留在昨天

就是再恓惶也不言传

再也见不到那个女娃

你弹吉他我唱歌是多么骚情

喂猫的女子捏着鼻子

路边的石楠抽着芯子

小寨的公交非常拥挤

唉，环游世界得不少银子

辑八

长安南路我走了多少遍

从汉唐书城走到雁塔的黄昏

长安南路我走了多少遍

哎呀,多少遍

(已发行于网易云音乐)